함주해 글·그림

예담

책상에 붙어 앉아 작업에 집중하다 보면 어김 없이 실마리 하나가 풀리지 않는 순간이 찾아온다. 그럴 때면 집 근처 공원으로 강아지와 산책을 나간다. 공원의 둘레를 걷다가 뛴다. 다시 걷는다. 걷고 뛰고 멈추며 내내 시간을 보내도 시선에서 사라지지 않는 것이 하나 있는데, 바로 나무다.

넓따란 풀밭보다 멀고 웅장한 능선보다 엉킬 대로 엉킨 가지와 잎사귀를 보고 있으면 역설적으로 실마리가 풀리곤 했다.

밑동에서 시작해 가장 먼 이파리까지 시선을 천천히 옮기다 보면, 자연스럽게 뻗어 나가는 자태에 그만 압도되어 얼기설기 엮여 웃자란 생각들이 꼬리를 내리고 만다. 외골수같이 꼿꼿한 질감과 침묵 앞에서, 내 미끄러운 살갗이 어쩐지 민망하고 사방팔방 움직이는 관절들이 그렇게 부산스러울 수가 없는 거다. 최소의 움직임으로 차분하게 걸어본다. 시간이 지날수록 앞서 꼬리 내린 생각과 마음들이 슬그머니 뒷걸음질하기 시작한다. 곧이어 세상 곳곳에 연출된 부자연스러움과 그것에 젖은 내 교만을 되짚어 보지 않을 수 없게 된다. 조금 더 걷다가 산책을 마칠 때가 되면, 그림은 처음부터 다시 그리거나 글은 단어 하나만 남기고 다 지울 수 있는 여력을 챙겨서 집으로 돌아간다.

도로가에도 나무는 셀 수 없이 많다. 익숙하다는 말조차 익숙해져 버린, 그런 익숙함으로 서 있다. 나와 강아지는 익숙한 속도로 걷는다. 옆으로 다양한 사람들이 걷거나 뛰어간다. 많은 대화가 흘러간다. 많은 날들이 이어졌고 숱

한 별들이 뜨고 졌다. 그동안 나무는 말없이 피고 진다.

　나와 당신 옆에서, 있는 듯 없는 듯 익숙한 당신과 나처럼.

　자신의 속도를 묵묵히 품은 채 일 년 동안 한 번 피고 진다.

　그런 나무를 그려보고자 했다. 그저 낌새와 같이, 벅찬 깨달음이나 감동이 없는 나무가 배경으로 그려졌으면 했다. 제멋대로 뻗치고 사라지는 감정들처럼 덤덤하고 무심하게 한 장 한 장 흘러가기를 바랐다. 나무로 만든 책 속에서 나무가, 꿈을 꾸듯 한 번 피고 지는 모습이 미약하게나마 아름다움에 가까웠으면 좋겠다고 생각했다. 페이지마다 그려 넣은 나무가 읽고 보는 도중에 익숙해져서, 잊혀졌으면 좋겠다고 생각했다. 그렇게 기척 없이 나무의 속도로 성장하는 우리의 작은 모습을 함께 그리고자 했다. 보이고, 들리고, 만져져서, 마침내 배경이었던 나무가 풍경이 되었으면 좋겠다고 생각했다. 한 해의 시작인 겨울부터 끝인 겨울까지 하루하루가 어떤 흔적을 남기는지 모아보고자 했다. 그리하여 마음속에 담긴 익숙한 무늬 하나쯤, 저만의 파문을 만들며 유유하기를 바라는 마음으로 쓰고 그렸다.

　매스컴에선 연일 억대를 넘어 조 단위의 비현실적인 숫자들을 쏟아냈다. 수에 대한 감이, 하루에 대한 인식이 염려스러울 정도로 무뎌져 가는 것을 느꼈다. 해서 인위적으로 속도를 늦췄다. 그림의 넘버링을 1이 아닌 0.1로 시작했다. 1월 1일이 0.1이고 12월 31일은 36.5가 되었다. 속도를 늦추니 끝내 사람의 체온이 흘러나왔다. 농담 반 진담 반 멈추지 않고 살아간다는 것은 어찌 됐건, 산책길에 주워 올린 의미들의 갱신이 아니겠나 생각했다.

그림을 무려 100점째 그린 4월 10일 날 그림 넘버는 겨우 10이었다. 수고에 비해 이루 말할 수 없이 허탈한 숫자였지만 날이 갈수록 세상의 끈끈한 속도에서 떨어져 나오는 내 몸을 느낄 수 있었다. 세상과, 타인과, 무엇보다 나 자신과 거리가 생겼다. 한 발자국 떨어진 채 푸르고 붉고 투명한 바람과 팔짱을 끼고 걷는 감각을 배워 나갔다. 별다른 구성을 배제하고 날것 그대로 책의 앞과 뒤를 차가운 겨울로 감쌌다. 따스한 날들은 보기 좋은 짜임으로 이루어지지 않으므로. 그저 '오는' 것이므로. 우리에게 주어진 일은, 좋은 태도를 나누며 다만 목도하는 것이라 믿는다. 142점의 그림을 추려 글과 함께 담았다.

2017. 여름의 입구
함주해

여름 ° 구석은 내가 앉으면 같이 앉았다

겨울 ° 수프의 맛

겨울 ° 자꾸만 오는 계절들

0.2 ° 정거장

January 2

0.4° 흔들리는 마음들

여전히, 가장 중요한 것은 없었다.
시기적절한 우선순위가 있을 뿐.

0.5 °예감

파란 잎사귀 잊은 채 헐렁하게 엉킨 사람들이 간다.
고장 난 밥상 앞에 앉아 한쪽으로 기운 끼니를 채우고
바람을 젖히며 누구보다 바쁜 걸음으로 가고 있다.
무언가, 불가능하지 않다는 불안한 예감으로
느리게 차오르는 풍경 속으로 걸어가고 있다.

January 5

0.6 ° 나무의 기억

나무보다 캄캄한 것을 여간해서 찾기 어렵다.
불 꺼진 술집도 까무룩 잊힌 얼굴도
짙푸르게 멍든 바다도 그뿐이다.
희맑은 모래밭처럼 먹먹한 한낮에도,
헤어진 애인이 칠흑같이 붙어오는 한밤에도
홀로 조금 더 고고할 뿐이다.
나무는 저마다의 기억으로
매일 조금씩 힘을 내고 있는 것이다.

January 6

0.9 ° 바람 섞인 길

1.4 ° 나무의 생각

1.7 ° 예열이 필요한 시간

날이 저무는 줄 모르게 잠들었다가 눈을 떴다.
아직은 꿈속에서 빠져 나오기 싫은 듯
이불을 끌어올려 이마에 붙이고 마음을 예열한다.
어떤 온도에도 속하지 않는 것 같은 마음을
때마침 덜컹거리는 유리창 탓으로 돌려보는 것이
썩 마음에 들었다. 일어나 환기를 시킨다.
여행은 혼자라도 괜찮은 것이 아니라
가끔 혼자가 아니어도 좋은 것이었다.
그리고 삶은 너무나 장황했기에
그곳을 바다라고, 온기라고, 타인이라고
나누어 부르기로 했다.

좋은 건 사라지지 않는다고 하던데
사라진다고 믿어야 먼지처럼 쌓이고
치우고, 또 다시 쌓일 수 있었다.

햇살이 새파랗게 부르튼 지상의 끝에서
강아지는 처음 제 몸을 안아 올려 주었던
주인님의 꽃 같은 마음을 기억합니다.
사방 어디에서도 봄은 오지 않는데
강아지는 온몸으로 빨간 꽃을 피웠습니다.

2.7 ° 멀어야 그리움이겠지

별이 가까웠다면 고요는 지금만 한 고요였을까.
조금은 더 가까워도 좋으련만 그래 봤자 별은 별,
이별은 이별. 고향도 술도 내 이름이나 네 이름의 무늬도
어느 밤과 밤 사이의 틈이 미묘한 미행일 수 있도록
멀수록 좋겠다, 멀어야 그리움이겠지.

January 27

3.0 ° 영웅

3.4° 정확한 시간

새끼를 찾는 눈송이가
하얀 언덕 위에 선 전나무 몇 그루 흔들고,
나는 법을 잘 모르는 눈송이가
가쁜 숨 내쉬는 가로등 불 향해 고개를 돌리고,
바람에 밀려 되감듯 올라가는
나무들의 허연 낯빛으로 물든 공중으로
그렁그렁 입김을 부는 눈송이가,
가로등 끝에서 까맣게 얼어 죽은
불빛을 보며 웃고 있다.

3.7 ° 한 뼘 모자란

어설프게 사랑하다
익숙하게도 헤어지는
한 뼘 모자란 가슴들.
그 한 뼘이 불안하여
꼬리에 꼬리를 물고
자꾸만 오는 계절들.

February 6

3.8° 봄을 기다리는 마음

잘 보이지 않는 것들은 보이지 않는 틈에 자란다.
이를테면 신뢰나 실력, 상처나 회복 같은 것들.
밖을 향하는 마음은 언제고 투명한 하늘이 된다.
마음은 머지않아 방향을 알고 바람을 부른다.
서로가 문득 서로를 바라볼 때 사이가 생기고
우리는 어떤 사이가 되고,
같은 속도로 움직이지 않은 채
창문을 넘어온 날씨를 함께 머무는 동안
봄을 기다리는 마음은 한결 가까운 상상이 되고,
때마침 바람은 불고, 꽃은 고민에 잠기고,
봄은 자란다.

4.2 ° 우리는 모르는 사람들

괜찮다고 생각했다.
어차피 이곳에 태어났을 때
우리는 모르는 사이였으니.

전에 알지 못한 샛길을 발견하곤 우리는 누가 먼저랄 것 없이
페달을 밟아 속도를 높였다. 잘 아는 길인 양 흘러 들어갔다.
언덕 아래, 버려진 기타처럼 서 있는 아파트 단지 한편에서는
그네가 달빛을 밀어 흔들거리고 있다. 말간 얼굴을 내비친 달은
사람들의 소원 따위엔 아무 관심이 없는 것 같았다.
길을 잃었고, 마음 놓고 달렸다. 차가운 바람에 얼굴이 달아올랐다.
속도를 줄이며 고개를 들었다. 눈동자가 반짝이고, 문득 떠오른다.
오후 내내 들려오던 '밤하늘에 뜬 별처럼 무한한 가능성'이라는 말.
그래서, 별들의 꿈은 어디쯤에서 빛나고 있을까.

4.4 ° 잘 지내요

온기와 꽃과 온갖 다정함이 우거지기 시작하면
우리는 한동안 못 보겠네, 그동안 잘 지내요.

4.9 ° 서로에게

너는 나의 풍경
나는 너의 풍경

내게 향하는 모든 것들이 애초에 향한 곳이 나였다면
풍경이 이렇게까지 넓을 이유는 없는 것입니다.

잠들어 있을 때마다 몸을 자주 뒤척인다고
자귀나무 빛살이었는지 꽃사과나무 그늘이었는지
어느 따스한 무늬로 만난 네가 몇 번 그러길래
내가 왜 뒤척였느냐고 물어 보니
말해 줄 테니 이리 가까이 와 보라길래
귀를 가져다 대며 몸을 기울이는데,
어깨부터 서늘한 기운에 눈을 떠 보면
마음의 안쪽이라고 믿었던 곳이 창밖에서 떨고 있었다.

비 내리는 날 꾸는 꿈이
비 내리는 꿈보다 가늘었다.

6.0° 기다림은 없는 척

구름 걷힌 말간 하늘처럼 시간이 고여 있다. 허공은 같은 자리에서 움직일 줄 모르고 빛은 빛의 속도로 나른하다. 현관 틈에 끼어 있던 파란 새벽녘은 집 안 곳곳으로 2월의 쌀쌀함에 대해 늘어놓고 있다. 어둠에 젖은 옷가지들이 늘어져 있고, 며칠 전에 맡았던 비 온 뒤 공원 냄새는 여전히 발끝에 생생하다. 개수대에 올라가 있던 비닐봉지가 산 정상에서 굴러다니는 꿈이라도 꾸는 건지, 바닥으로 천천히 몸을 뒤집으며 내려온다. 라디오는 밤새 말실수라도 하지 않았나 노심초사한 얼굴이 묵묵하다. 저녁 빛깔이 오후를 물들이는데, 시간은 돌고 돌아도 여섯 평, 지루하고 비좁은 방바닥만 쌓여 간다. 모든 것이 소리 없이 자기 말들을 하고 있다. 모두 꼼짝하지 않고 시간에 휩쓸리고 있다. 기다림은 여기 없는 척 아무 말이 없다.

6.4 ° 날개

날개가 다 데려다주는 건 아니더라고.

우리는 어떻게 이별했을까
어떻게 다시 만났을까
그러다 언제 멀어지게 될까
어디서 다시 만나게 될까
우리는 어쩌다 놓아 버린 걸까
얼마나 놓아 버린 걸까
서로가 서로에게
유실된 적 없다는 듯이,
언제부터 잠들었던 걸까
어디까지 물들었을까
당신이 꽃피웠던 땅은
우리가 잠들었던 오후는.

6.7 ° 각자의 창으로

서로가 가진 창문에 걸어 둔
서로가 가진 풍경에 대하여
한 개 두 개 우유를 따르듯이
이야기해 주는 것을 사랑이라 부르던
검은 밤이 무르익으면,
비옥한 창문 안쪽에서 우리는
영양가 없는 씨처럼 떠들며
서로의 어깨를
무덤처럼 나란히 붙여 보았다.

March 8

7.0° 봄 다음은 여름

여름도 금방 올 것 같다. 그치?

7.1 ° 흔들리는 것들

나무를 깎아 책장을 만들었다. 한쪽 발목이 비틀대기에
이음쇠가 고장 난 쇠 필통에 모아 놓은
그리울 일들이 그리울 때마다 적어 놓은 메모를
필요한 높이만큼 꺼내서 끼워 넣었다.
푸른 바람 한 점은 냉랭한 부엌의 온기를 들어 올리고,
냉동실을 뒤적여 꺼낸 소뼈 우려낸 국물로
막된장 끓이는 냄새가 서쪽 땅으로 스미는 동안
며칠 후에나 꺼내도 될 이야기들은
잘게 썰어 냉동실에 넣었고, 시절이란
'냉동실에 얼려 놓은 국거리의 행방을 닮은 것 같았습니다'라고
메모지에 적어 어느덧 간소해진 필통 속에 넣어 두었다.
이제는 꺼내 볼 수 없는 몇 날들이 생기자
저녁은 제법 흔들리지 않았다.

7.4° 겨울도 봄도 아닌

공기는 초조한 마음으로 평온한 속도를 유지하며 나아가고 있다.
빈 하늘은, 덧없이 부푼 공기가 사람들 마음 한구석에 둥지를 틀고
먹이를 물어다 나르기 좋은 조건이다. 한쪽으로 강이 흐르고
흐름과 반대편 방향으로 낡은 휴식 같은 도시가 반복되고 있다.
해마다 늦은 추위는 처음 보는 사람의 얼굴로 자리를 지키고 섰고
사람들은, 저마다의 천적에게서 달아나듯 어딘가로 뿔뿔이 흩어졌다.
설렘은 고단하고 희망이라 하기엔 조금 나른한, 겨울의 끝도
봄의 시작도 아닌 계절은 그물 없는 골대를 뚫는 중거리 슛 같았다.

March 17

화분을 땅이라 믿는
옥상에 사는 나무가
제 뿌리를 끝없이 내리는
꿈을 매일같이 꾸며
거 이상한 꿈이네 한다.

—— 귀가

3월은 대체로 터미널에 가득한 빈 승하차장 같은 표정으로 늘어서 있다. 모두 떠났거나, 모두 돌아올 모양이다. 멀찌감치 여남은 명이 어슬렁거리고 있다. 모래사장 바깥에선 호프집과 치킨집, 커피숍들이 외등을 밝히기 시작했고 새하얀 빛을 내뿜는 24시간 편의점은 유독 기세를 더해 무너져 가는 저녁을 떠받치고 있었다. 눈에 익은 무수한 풍경에 가려 존재감 없이 서 있던 가로수들은 검고 묵직한 어깨를 떡하니 벌렸다. 바닷바람에 성긴 머리칼 사이로 어스름이 엉기고 휴대폰 배터리도 한 칸 한 칸 저물어 가는 무렵이다.

손바닥만 한 무전기를 챙겼다. 옅은 붉은빛으로 코팅된 선글라스를 벗어 안경집에 넣고 가방을 멨다. 책상 위에 걸린 디지털 시계에 17과 20이 찍혀 있다.

"다녀올게요."

퇴근 시간을 40분 남긴 시각. 인터폰으로 별관 사무실에 연락한 후 이동식 망루에서 내려왔다. 약 40분간 순찰 삼아서 도보가 가능한 지점까지 해안가를 따라 걷다가, 사무실로 돌아가 무전기를 반납한다. 퇴근 전 마지막 일정이다. 한 발 한 발 내디딜 때마다 쑥쑥 꺼지는 모래가 저물어 가는 순간을 그럴싸하게 질감화해 주었다. 낮에는 느낄 수 없는 종류의 위안이다. 저녁이 깊어갈수록 해변은 일과를 마친 사람들의 발길로 어수선했지만, 사람들 사이에서 존재하거나 존재하지 않는 것처럼 오롯이 혼자일 수 있는 시간이다. 적적하지만 여러모로 마음이 놓이는 잘 아는 골목 같은 시간이기도 했다.

왕복 30분 정도의 길지 않은 구역을 매일 저녁 걸으며 생각했다. 오랜 시간이 지나서 아무것도 남아 있지 않을 이곳을. 더 시간이 지나서 바다와 육지가 섞이는 날을. 마침내 시간마저 사라지고 나면 존재했던 모든 삶과 행운과 악몽들이, 별것 아니었던 꿈처럼 누군가의 의식 속에서 잠시 떠올랐다가 연기처럼 사라지는 순간을.

볕 좋은 묘지를 맴도는 햇살처럼 하루하루를 배회하던 때, 일거리를 찾아 신문과 인터넷을 뒤져 보고 있었다. 우연히 해양구조대원이라는 거창한 제목을 큰 기대 없이 클릭했고 낱장의 계약서에 불현듯 사인을 한 것이 어느덧 3년 차 비정규직이라는 계급장을 달아 주었다. 그냥 나이깨나 드신 아르바이트생이라 불려야 할 것이다. 오전에는 별관 사무실에서 전화를 받거나 문서 작성, 출력, 가끔 민원 접수도 받았고, 종종 열리는 행사 준비에 필요한 갖가지 일들을 도왔다. 오후 세 시부터는 퇴근 시간까지 바깥 업무를 본다. 이동식 망루에 위치하다가 틈틈이 구역 내의 해변을 돌며 사람들이 버리고 간 쓰레기를 솎아 내고, 반려견을 데려오는 이용객이 있으면 배설물을 잘 치우는지 감시했다. 이따금 반려견을 버릴 목적으로 해변을 방문하는 사람들이 있는데, 그들을 쓰레기와 함께 솎아내기 위해 감시의 눈을 켜는 것도 주요한 일이었다.

소박한 일을 소리 소문 없이, 있던 일들을 없던 일처럼 정리해 내면 그만인 자리였다. 고요함을 만들어 내는 듯한 이 직책이 마음에 들었다. 그 일을 맡은 몸이 가볍게 느껴져서 좋았다.

해변은 큰 도로를 몇 개 건너서 도심지와 인접해 있다. 날 좋은 주말이나 저녁이면 지금과 같은 비수기라도 사람들로 곧잘 붐볐고, 그 때문에 한겨울을 제외한 모든 계절에 최소의 인력을 요했다. 당연한 얘기지만 실제 인명을 구조하는 일은 전문적인 훈련을 받은 이들의 몫이었다. 당시 해양구조대원 제목 옆에 붙은 '보조' 항목은 선택의 영역이 아니었다. 환갑이 가까워 오는 나이에 번듯한 직장을 구하기란 바닷바람에 섞인 소금기만큼이나 아득한 것이었으므로.

어제와 같은 속도로 걷는다.

저녁 끄트머리였고, 금세 도착한 해변의 끝에선 이쪽 세계와 저쪽 세계를 듬성듬성 꿰매 놓은 듯, 오래되어 헤진 실밥 같은 돌무더기들이 반짝이고 있었다. 여느 날처럼 세상의 끝을 한번 둘러본 후 몸을 돌렸다. 순간 느껴지는 어떤 이질감에 다시 몸을 돌렸다. 익숙해질 법도 하지만 때마다 잠을 깨우고 마는 새벽의 어떤 기적처럼 몸의 여러 감각을 사로잡았다. 두리번거리다 한곳에 시선을 붙박았다. 가까이 가서 살펴보니 검정색 사인펜 하나가 물살을 피해 돌무더기 틈으로 간신히 올라와 있었다. 뚜껑은 사라졌고 잉크는 한 방울도 남아 있지 않았다. 검지 끝에 몇 번 눌러 봤지만 투명한 바닷물만 찍혀 나왔다.

잉크는 천천히 새어 나갔을 것이다. 무엇에도 밀착되지 않아 흘러나오면 흘러나오는 대로 속절없었을 것이다. 잉크는 당혹스러웠을 것이다. 먹먹하게, 마지막인 줄 모른 채 마지막으로 눌러 고백한 글자와 영영 멀어졌을 것이다. 어떤 끌림이 뒤통수를 뚫고 시야를 헤집어 놓았다. 정신을 놓은 듯 사인펜을 발견한 장소 주변을 뒤지기 시작했다. 뭘 찾고 있는지도 모르면서 뭔가를 찾아내려 했다. 그 무언가는 점점 사라져 가는 것 같았다. 사라져 갈수록 사라지지 않은 것 같았다. 찾아야 한다는 생각은 점차 속도를 높였다. 수평선은 이쪽을 물끄러미 쳐다보고 있었다.

수초들이 얕은 물속에 숨어서 히죽대고 있다. 가쁜 숨을 뱉으며 우스꽝스럽게 이리저리 허둥대는 몸짓을 따라하며 검푸른 혀를 놀리고 있다. 마치 조롱이라도 하듯이.

은근한 볕으로 아스팔트는 달아올라 있었다. 가족들과 막 식사를 마친, 성수기로 진입하려는 바닷가 인근의 정오였다. 푸근한 온기에 거나하게 취한 채 밀려오는 졸음에 밀려 넘어진, 크고 선뜩한 느티나무 그늘이 예고 없이 덮쳐온 정오. 단말마에 부서져 내린 여름의 마디마디가 바다를 반짝였다. 낭랑한 사이렌 소리가 커다란 태양을 중심으로 먹이를 찾는 새처럼 맴돌았다. 곧이어 띄엄띄엄 들려오는 사람들의 목소리를 제외하곤 모든 소리가 지워진 날이었다. 믿을 수 없을 만큼 찰나와 같았던 그날이, 광활한 시간 속에서 저만의 길을 찾아 부유하기 시작할 때쯤 다시 직업을 갖게 되었고, 웃음과 울음과 분노를 구분하기 어려울 정도로 뒤엉켰던 입꼬리들은, 조금씩 느슨해지며 자신들의 표정을 되찾아 가고 있었다. 하지만 미디어의 짠맛에 길들여진 혓바닥들은 5년이 지난 지금까지 그날을 핥아 댔다. 핥을수록 혀에서 올라오는 진물을 단물로 알고 더욱 가열하게 핥았다. 계절은 지나가지 않았다. 끈끈하게 눌어붙었다.

수초들의 조롱은 한동안 이어졌고, 밤은 발목까지 내려왔고, 수면은 하늘 너머 별빛을 그러모았다. 아무리 생각해도 조롱이라는 말은 물빛만큼 너무 예뻤다. 엄지손가락 두 개만 한, 모서리가 닳아 뭉툭해진 하얀 지우개 말고는 더 발견한 것이 없었다. 완전하게 동그랗지 않은 달이 입을 꾹 다물고 있었다.

바닷물에 불어 오른 발가락을 느끼며 흘러간 시간을 가늠해 보았다. 꺼진 휴대폰 대신 무전기로 사무실 동료에게 연락해 조금 늦었다고, 곧 들어간다고 집에 연락을 부탁했다. 3월의 차가운 바닷바람이 가슴께를 쥐어 틀고 있었다. 뜨거운 국물에 밥이라도 말아서 깍두기와 함께 한 그릇 해치웠으면 좋겠다는 생각이 들었다. 신발을 벗어들고 바닷물과 모래를 털어 냈다. 둥그렇게 닳아 버린 지우개 모서리를 엄지손가락으로 문질러 보았다. 사라진 모서리. 지우개가 슬픈 순간은 언제일까. 몸이 닳아 없어지는 매 순간들일까, 지울 수 없는 글자를 만났을 때일까. 지우개는 얼마나 많은 글자를 지우고서야 이곳 바다로 흘러왔을까. 지우개는 어떤 기억을 지울 수 없어서, 이 먼 곳까지 도망쳐 온 걸까.

지상을 감싸는 밤하늘이 잉크처럼 맑고 투명했다.

무전 후에도 한동안 사인펜과 지우개를 한 손에 쥔 채 넋을 놓고 내려다봤다. 캄캄하게 서 있는 고목 두세 그루가 호롱불처럼 흔들리고 있다. 무전이 왔다. 남편이 미역국을 끓여 놨단다. 더 늦게 들어올 거라면 잠시 눈을 좀 붙이고 있겠다는 연락이었다. 서둘러 옷을 가다듬고 신발을 신으며 조금만 기다리라고, 지금 바로 가겠노라 회신했다.

봄 ° 맑은 시절 하나를 미지근하게 삼키고 있다

7.7 ° 그건 고양이 마음

봄이 오고
비가 규칙처럼 내려온다.
아무도 지키지 않을 것이다.
모두 평화로웠다.

8.1 ° 고단한 하루

빛나는 유리창이 어둑한 대낮의 골목을
단단하게 조이고 있다.
전깃줄이 떠 있다. 화분이 놓여 있다.
모퉁이는 저기 있고 귀퉁이는 닳아 있다.
시간이 흐른다. 의자가 서 있다.
잎사귀가 먹빛으로 떨린다, 쉬지 않고
소식은 모두를 기다리게 한다.
각자의 속도로 모두 제 기능을 한다.
유리창이 일제히 캄캄해지자
골목에 누워 있던 비닐봉투가 미끄러진다.
골목 위로 지나가는 구름을 보며
곰팡이는 조금 하얘지고 있다.

8.4 ° 우리가 처음 손을 잡은 날

우산이 퍽,
하고 퍼지던 날
우리는 손을 잡았지.

8.5 ° 증거

9.0 ° 때마다 기억

늘 환한 빛보다
때마다 점등하고 싶은 마음을
알 것 같다고 했다.
그러다 필라멘트가 나가면
영영 그림자를 기억하겠지라고도 했다.
눈빛에 난 기스를
안경 렌즈에 자주 묻히고는
싸구려 도시 먼지를 탓하며
까슬해진 눈물방울
후 불어 공중으로 날리던
아마도
아찔하게 높은 기억일 거라고
말해 줬던 것 같다.
볕이 차오른 오후엔
뭐든 잠겨도 좋을 만큼
졸음이 쏟아졌다.
먼 곳에서 불어온 기억이 맺힐 때마다
그늘이 눈부시다.
때마다 소등하고 싶다는 마음을
알 것도 같았다.
기억은
거꾸로 뒤집어 놓아도 기억나지 않았다.

March 31

9.5 ° 끝과 시작

.

마음이 다했다는 게 맨 끝까지 닳아 없어진 게 아니라
더는 밀어내 쓸 수 없을 만큼 짧아진 거라고, 샤프심의 심이
마음 심心 자라는 걸 알고 난 이후로 줄곧 생각했다.
피자마자 지는 봄꽃은 시작이 아니라 끝이었구나 싶다.

9.8 ° 보내야만 하는 것들 1

9.9° 보내야만 하는 것들 2

10.0 ° 보내야만 하는 것들 3

녹색은 처음 신호등으로 편입됐을 때
이토록 많은 이들을 보내야 할 줄은 몰랐을 것이다.

11.0 ° 믿음

얼마 남지 않은 벚꽃도 부지런히 떠날 채비를 한다.
작별의 애틋함도 재회의 예감도 나누지 않는 모습이
못내 아쉽지만, 내년 이맘때 다시 볼 수 있으리라 안다.
미래는 약속과 다짐이 아닌 믿음으로 곁에 와 머문다.

11.2 ° 환생

환생한 듯, 아무것도 기억하지 못한 채 살고 있다.

그럼에도 아름다워야 하는 것이 삶은 아닌 것 같았다.
아름다워지자고 할 때 삶은 덜 아름다웠다.
풍경 속을 거닐다 보면 방향이 천천히 나를 부르듯이
삶은 속도마다 다른 아름다움이 묻어날 뿐이었다.
그리고 나와 당신은 마침 오늘일 뿐이다.

머물지도 떠나지도 않는
제풀에 지친 길을 걷다가,
좁아서 길이 아니거나
너무 넓어서 사라진 길을 헤매다가,
넘어져도 쏟아질 줄 모르는
망망대해를 떠도는 사이,
언젠가 처음 걸어 봤던
길 위에 쌓인 먼지는
쓸쓸할 때마다
조금씩 저녁을 불어 보았다.
바람이 처음으로
모퉁이를 가져 본 날이
천천히 불어올 때는
골목을 서성이다
집으로 가는 다른 길을 생각해 본다.

11.8 ° 멍

꿈속엔 구름보다 멍이 더 많았다.

12.0 ° 네 발 달린 주인님

우리 주인님은 종종 밤늦게 들어오실 때가 있는데
그럴 때면 나처럼 네 발로 걸어 들어오셔.
이유는 잘 모르겠는데, 기분이 좋더라고!

April 30

12.1 ° 인연

인연이
선처럼
끊어질 듯
얇다면
방향을 바꿔
함께
면을 만들자고
그러자고
했어요.

12.2 ° 그늘에서

빨대로 끌어 올린 마지막 한 모금을 잠시 입에 머금었다. 딸기 우유가
번번이 선택권을 독점하긴 했지만 바나나 우유, 초코 우유와 함께 각기
달콤한 세 가지 맛은 오랜 시간이 지나도 균형 있게 서로를 기억시켰다.

12.4 ° 때 뺀 구름이 가만히 기우는 저녁

계절을 보내며 우리가 선택할 수 있는 건 날씨에 걸맞은 우유 맛일 뿐이
었고, 고개를 들어 올려다본 곳에선 묵은 때를 벗겨 낸 구름이 가만히
기울고 있었다. 이른 저녁이 맑은 시절 하나를 미지근하게 삼키고 있다.

이미 알고 있었던 것 같다.
먼 날, 어느 보통 날
사랑에 빠지기 위해선
먼저 풍경이어야 한다는 것을.
우리는 이륙하기 위해
그리도 달렸다.

May 5

기억은 가지 끝 이파리처럼
손톱으로 발톱으로
머리카락 끝으로 쌓인다.
때가 되면 머리칼을 자르고,
발톱을 자르고,
손톱을 잘라야 한다.

12.8 ° 여백

한쪽으로 기울어 생기는 여백을 사랑이라 했다.

May 8

날씨에 새로운 이름을 붙여 보는 일은 머문 곳의 지명이나
색감, 곡선과 직선의 잔상만큼 그곳을 기억시켜 주었다.
흐린 오전이나, 껍질을 벗긴 삶은 달걀만큼 습한 오후나,
산짐승에게 뜯어 먹힌 후 남은 뱃가죽만 깔고 천천히 식어 가는
작은 새 위로 구름이 부푸는 저녁도, 지어낸 이름 안에선
나름의 생기를 자아냈다.
일기장을 꺼내 잡히는 대로 아무 곳이나 펼쳐 보았다.
맨 윗줄 왼편에 날짜가 적혀 있고, 한 칸 아랫줄 오른편으로
'목 늘어난 티셔츠의 붉고 깊은 뺨'이라는 날씨가 적혀 있다.
바싹 마른 양말과 속옷을 일기장과 함께 가방에 넣고 방을 나섰다.
마지막으로 돌아본 빈방은 창과 커튼 사이를 어른거리는
따뜻한 바람을 향해 앉아 있었다. 문을 닫았다.
오늘도 일기 쓰기 좋은 날이겠거니 싶다.
점심을 간단하게 때우고 수돗가에서 입을 헹궜다.
투명한 태양이 턱 끝에 맺혀 얼굴을 반짝이다가
팔꿈치를 타고 흘러 광장을 나른하게 적셨다.
잠시 시간을 보내기 위해 가방에서 공을 꺼냈고
글러브 속 거친 안감을 느끼며 자리를 잡았다.
뭉근한 온기에 휘어지는 풍경이 되기 위해선
최대한 높이 던지는 게 좋겠다고 우리는 생각했다.

13.0 ° 뭐해?

뭐해?
좋아해.

13.7 ° 가까울수록 먼 계절

하나의 계절 안에는 직선으로 설명하기 어려운
높이와 곡선, 충돌과 충동이 만개해 있다.

13.8 ° 고민

고민 있어?

May 18

14.4 ° 버틴다는 건

비 내리는 차가운 어느 날 위로와 격려로 따뜻하다가도
달아오른 태양 아래서 원망과 비난으로 추위에 떨어야 하는 게
사는 일이라면, 그것은 버티는 일과 다르지 않았다.
버틴다는 건 안팎으로 가해지는 힘을
같은 크기로 밀어내거나 당겨야만 가능한 일이다.
누구나, 각자의 자리에서
자신도 눈치채지 못할 정도로 가만히 살아 있기 위해서
언제나 상상할 수 있는 것보다 많은 양의 에너지를 쏟아야만 했다.
마치 거리를 떠도는 동물이 길을 건너기 위해 목숨을 내놓는 것처럼.
간절하기 위해 그토록 닫혀 있는 마음들처럼.

살아 있는 것이 버티고 서 있는 것이라면,
살아간다는 것은 다가오는 새로운 시간에 서린 두려움을 기다리며,
지금 함께 걷고 있는 두려움을 향해
순한 미소를 지을 수 있어야 한다는 말과 같았다.
다만 새로운 시간들은 줄 서서 찾아올 만큼 친절하지 않다는 것과
살아야 할 시간에, 살아갈 준비가 너무 많다는 것이 삶의 딜레마였다.
그럼에도 우리는 계속 우리이기 위해 무언가를 끊임없이 잊고,
새로 기억했으며, 어딘가에서 떠났고, 어딘가에 다다랐다.
서로에게 건너가기 위해 앞서 기다리며 보낸 시간으로
우리는 지금 여기에 지그시 앉아 있는 것이다.

고유한 무늬도
거리에 따라 모습을 달리한다.
우리는, 당신과 나는
얼마만큼의 거리를 유지해야
서로 사랑하고
외로울 수 있을까.

—— 속도와 방향

속도보단 방향이라는 말이 유행이다. 멋진 말이다. 하지만 다분히 정치적인 이 말 속에는 과정이 지워져 있다. 삶이라는 과정이. 말의 뜻은 정면을 향한 시선을 거두어 지금보다 넓은 시야로, 좀 더 나은 방향을 둘러보고 찾아보자는 것일 테다. 그러므로 삶의 질을 높일 수 있다는 의미일 것인데, 방향을 바꾸기 위해선 반드시 선행해야 할 일이 있다. 속도를 줄이는 것이다.

페달에서 발을 떼는 일은 쉽지만 '속도를 줄이는 일'은 생각보다 녹록지 않다. 방향이 미래의 어느 시점을 은유한다면 속도는 현재라는 실체이다. 속도는 정강이로 튀어 오르는 흙탕물과 같다. 얼굴을 감싸는 바람이다. 속도는 온몸을 조이는 짜릿함이고 동시에 위태로운 기울기이다. 체감 속도란, 최저 임금인 것이다. 휴일 근무이다. 쪽잠이고 잔업이다. 한정 없는 할당량이다. 포기한 취향이고, 취미이고, 매달 지불해야 하는 수많은 비용이다. 부당한 요구와 존재하는 모든 방식의 차별이다. 삶이라는 본연이다.

속도를 줄일 수 있다는 말은 삶의 어느 지점마다 크고 작은 쉼표를 내 의지로 놓거나, 놓지 않을 수 있다는 말과 다르지 않다. 속도를 줄이기 위해선 내가 내 속도를 인지해야 하며, 당연하게도 내 삶과 가장 밀접한 손은 내 손이어야 한다. 하지만 최저 임금으로는, 늘 피곤에 절은 몸으로는, 취향도 취미도 내가 무엇을 원하는지 모르는 상태에서는, 가까운 곳에서 흐르는 아무 속도에나 몸을 싣고 내 몸이 아닌 듯 쓸려 가는 것이 가격 대비 적당한 성능의 삶이었다.

내 인생은 나의 것이라는 뻔한 이정표 같은 말들을 실행하기 위해선 큰 용기가 필요하다. 그러나 용기를 내는 것은 조금도 멋진 종류의 것이 아니다. 삶의 일정 부분을 내려놓았을 때 비슷한 질량의 것을 쫓기듯 올려놓지 않으면, 균형을 배울 틈도 없이 삶은 냉정하게 기울어 버리기 때문이다. 언제나 쉴 틈이 없었고, 정작 내 삶 위에는 다른 손들이 너무 많았다.

유행은 계절의 얼굴로 온다. 다른 듯 같은 것이 끊임없이 밀려온다. 버리는 삶, 비우는 삶, 잘 살아가기 위한 온갖 지혜와 가르침들이 잎사귀처럼 반짝이다가 가볍게 시들어 사라진다. 가진 것이 없는데 비우기만 하는 삶들이 바스락거리며 주저앉는다. 쏟아내고, 쏟아진 무책임한 말들은 모두 어디로 간 걸까. 저마다의 가치를 가격으로 저울질 당하는 세상에서 청년들이 자신의 속도를 지키기란, 알아차리기란, 원하는 느낌을 가지기 위해 방향을 바꾸는 일이란 쉽지 않다. 우리는 원하는 방향으로 갈 수 있을까? 원하는 미래를 가질 수 있는 걸까? 질문에 환기가 필요하다. 방향을 바꾸기 위해 속도를 조절할 수 있도록 주변은 기능하는가?

지금 서 있는 자리에서 볼 수 있는 먼 깃발 같은 방향은 애초에 내 것이 아닐지 모른다. 계절마다 불어오는 바람을 원하는 만큼 느낄 수 있는 것이 어쩌면 내가 가진 전부일지 모른다(애석하게도 혹은 다행스럽게도). 다만 내가 유연하게 삶의 속도를 줄이거나 높일 수 있을 때, 바람은 두 뺨에 온기를 만든다. 적당한 온기가 호기심을 불러일으키면 나는 주변을 살핀다. 시선을 따라서 풍경은 한 걸음씩 넓어진다. 풍경의 원근에 몸을 맡기면 어느새 내가 풍경이 되어 버리는 순간이 온다. 그때 방향은 나를 부를 것이고 비로소 내가 할 일은 내 앞에 기꺼이 놓인 방향에 마음을 쓰는 것이라 믿는다.

스스로 알든 모르든 누구나 자신에게 맞는 속도를 등에 이고 산다. 내가 내 속도를 가늠할 수 없으면 수십 차례 방향을 바꾼들, 이미 알고 있는 과속을 향해 달려 나갈 뿐이다. 핸들을 꺾을 때 넘어지지 않으려면, 다시 말해 좋은 방향을 가지는 일이란, 여전히 속도의 문제다.

여름 ° 구석은 내가 앉으면 같이 앉았다

15.2 ° 스트라이크 존

지구가 도는 모습을 직접 본 적은 없지만
(앞으로도 만무할 가능성이 크지만),
매일 끝 간 데 없이 같은 곳을 배회하는 느낌이 어디에서
오는 것일까에 대한 의구심으로 그 운동과 궤도를 믿고는 있다.
직관적으로 가늠이 어려운 크기와 밀도에 대해
상상 가능한 범위를 머릿속에 설정한 후,
그 안에 상상의 한계를 밀어 넣기 바빴던 6교시를 마치고
우리는 뒤도 돌아보지 않고 운동장으로 뛰쳐나왔다.
구름이 빠르게 움직이면서 푸른 하늘을 넌지시 보여 주고 있는 오후,
발을 몇 번 굴렀다. 마음에 드는 발자국이 찍힐 때까지.
고개를 들고, 소스라치도록 막연한 이곳에서
스트라이크 존 하나 마음대로 정하는 것이
우리가 응당 가질 수 있어야 할 자명한 몫은 아닐까 생각했다.

15.3 ° 견고한 날들

너와 나는 어떤 징후 같은 것이었다.
견딜 만한 날들이고 환기 중인 겨울 실내였다.
벼룩시장에 널린 등산화였다. 격식을 갖춘 현관 같았다.
보이는 곳에 두고 싶은 펜 같달까,
긴가민가한 띄어쓰기였고
발음이 한 번에 안 되는 영어 단어였으며
비 오는 날 우산 안쪽에 고인 적요였다.
재개발로 한쪽 담벼락을 잃은 골목이 몽상 중인
초여름 밤이었다. 초저녁이었다.
초침이었다. 분침도 시침도 아니고
옆에서 째깍째깍거리는 초침이었다.
소박하고 풍성한 빛이 비료처럼 쏟아진
정원 귀퉁이에 마련한 4인용 테이블이었다.
섭섭하게 날아가는 새였다. 날지 못하는 나무였다.
우리는 형편없는 룰이었다. 견고한 날들이다.
손을 힘껏 맞잡은 가녀린 나뭇잎 두 장이었다.

15.5° 그늘을 귀담아듣기 좋은 날

초여름 까만 이파리들이
부서진 뙤약볕 쓸어
한쪽으로 가지런히 모은다.
그늘을 귀담아듣기 좋은 날
구석은 내가 앉으면 같이 앉았다.
'초인종 같은 단잠들…'
유월이 주문을 외우고 있다.

16.0 ° 읽어야 할 것들

오롯이 떠오르는 이들이
어디서 닿았다가 어디로 흩어졌는지
기억나지 않을 때는
내가 그곳을 잃은 걸까
그곳이 나를 떠난 걸까
그들이 나를 놓은 걸까.

소리 없이 지나가는 계절의 한쪽에서
페이지를 넘기며 아차 싶다.
읽어야 할 게 책만은 아니지 싶다.

16.1 ° 참을 수 없는 소통의 가벼움

서로의 언어를 배우면 화해할 수 있을까?
더 사랑할 수 있는 걸까?
보이는 만큼 알기에도 모자란 시간에.

빗소리에 귀를 기울이자
창밖으로 내리는 어둠이 더욱 또렷해진다.

"잠들기 전에 어떤 생각을 반복해서 하면 그 생각이
꿈에 나타난대."
"나도 해 봤는데 쉽지는 않던데. 연습이 필요한 것 같아."
"맞아. 꿈은 얼굴을 잘 드러내지 않거든."
"다시 해 봐야겠다."
"죽음도 마찬가지일까?
"죽음?"
"응, 죽기 직전에 어떤 생각을 반복해서 하는 거.
원하는 생각을 반복해서 하면 죽은 후에
그 생각이 나타날지 몰라. 그 생각이 되거나."
"…"
"죽음이 찾아오면 어떨 거 같아?"
"글쎄, 생각해 본 적은 있지만, 아무래도 그 순간은
그 순간만의 것이라는 생각이 앞서서….
"죽음이 스치는 순간 수 초 만에 과거가 빠르게 재생되는 건
원하는 걸 떠올리지 못하게 하려는 의도가 아닐까 싶어.
만약 그렇게 되면 이곳은 엉망이 될 테니까."
"그래 맞아. 그리고 뭐가 어쨌든,
이런 새벽만 모아 놓은 계절은 정말 근사할 것 같아."

16.3 ° 서서히, 조금씩

그늘에서 감은 눈이
서서히 번진다.
볕에서 감은 눈이
조금씩 사랑하는 동안.

June 12

16.4 ° 비 그친 소리

비 내리는 소리도 좋지만
비 그친 소리 들으러 나왔다.

16.6 ° 걱정

주인님이 많이 보고 싶네.
오늘처럼 바람이 코끝을 간지럽힐 때
산책을 많이 시켜 주셨거든.
이곳도 참 좋지만…
검둥이랑 잘 지내시겠지?

June 15

몸을 펴기 위해
바람은 바다를 찾는다.
오랜 수소문 끝에
중년이 된 청년은
청년이 된 소년은
소년이 된 중년은
몸을 펴기 위해
이따금 바람이 된다.

17.0 ° 의도 있는 산책

하던 일을 마무리 짓고 우산을 챙겨서 밖으로 나왔다.
소나기 소식을 듣고 비 맞는 내 집을 보러 나왔다.
가까운 풍경이 가장 보이지 않는다는 그저께 읽은 구절이 생각나서.
비를 기다리며 책을 보다가 문득 자리에서 일어나 멀리 걸었다.
어떤 영감이라도 떠오른 듯 자기 집이 비에 젖어 가는 장면을
보고 싶어 하는 한 여자의 풍경이 궁금해져서.

June 19

18.3 ° 기억이 불어오는 방향

바람이 부는 방향을 함께 기억하기 위해
나란히 앉는 게 더 다정하다고 생각했다.

18.7 ° 우리라는 속도, 혹은 여행

주파수가 맞는 순간 소형 라디오에서 손을 떼고
천장에 비친 무지갯빛에 눈동자를 구슬처럼 굴리던
그해 여름이, 너른 저편 어디선가 들려오는 것 같았다.

귀를 쫑긋 세운 들풀을 뒤로하며
우리는 따로 걸었고, 함께 걸었다.
우리만 알아들을 수 있는 웅얼거림으로
어디선가 맞추고 있을 채널을 향해서.

18.9° 휴가

July 8

19.1 ° 눈매

집중하는 눈매는 아름답다던데
나무는, 쓰러진 나무는,
계절마다 무게가 다른 음영은,
'곧 장마!'라며 솜털을 곤두세우는
두근거림은, 숲은,
비에 번지다 머무는 숲은,
몇 초의 숲은,
불현듯 돌멩이는,
멀리서 흔들리는 흰 빛은,
사랑하는 이들의 뒷모습은,
어딜 그리도 바라보고 있길래.

19.4 ° 컹컹 짖어 봅니다

처음 눈을 떴을 때
내 눈이 두 개인 줄 몰랐습니다.
앞에 보이는 세상은 하나인 것 같은데
눈이 둘로 나뉘어져 있었습니다.
하늘은 저렇게 높이 떠 있는데
위와 아래가 아니라
오른쪽 왼쪽으로 하나씩 있었습니다.
한쪽 눈알을 튕겨 올려 보려고
컹! 하고 짖어 보기도 합니다.
구름을 보다가 하늘이
연기처럼 휘어지면
태어나 처음 눈을 떴을 때가 희미합니다.
자세히 보고 싶어 낑낑댈수록
눈앞이 두 개로 벌어집니다.
달려갈수록
쫓아갈수록 혼자입니다.
엄마도 오른쪽 왼쪽
반으로 갈라져 뛰어갑니다.
어느 쪽으로도 따라갈 수 없게 멀어집니다.
눈앞에 하나도 남지 않은 세상
하나만 남게 되자 잠에서 깨어납니다.
둘러봐도 아무도 없는 하늘에 대고
컹컹 짖어 봅니다.

July 13

한 번 봤던 영화를 두 번 세 번 다시 보는 이유가,
결과에 집착하지 않을 수 있으니까.
날아가 버린 음악이 들리고 흘러간 경치가 보이니까.
그러다 나도 누군가에겐 그저
지나가는 한 장면이겠거니 생각이 들면
스트레스는 느슨해지고 마음이 꽤 홀가분해지는 거다.
그리고 딱 그만큼 쓸쓸해지고.

붓이 너무 작아서 지구를 그릴 수 없다는 마음
그 마음으로 당신을 좋아할 수 있을 것 같았다.

19.9° 비로소, 마음

20.0 ° 숨이 차도록 우리는

세계에서 우리가 찾아야 할 건
숨겨진 것보다
숨 쉬고 있는 것들이라 믿는다.
숨이 차도록 살아 있다면
바다만큼 넓지 않아도 괜찮았다.
점처럼 아름다우면 그만이었다.

떠나간 사람은
그와 닿았던
남겨진 이들의 소실점이 된다.
입체를 구현하는 데
그리움 만한 게 있을까.

21.6 ° 맹목적인 사랑

귀가 뒤집어지고 입이 헤 벌어지고 눈은 부릅뜬다.
적당하게 힘 뺀 꼬리로 몸을 단단히 붙들고
쏘아진 활처럼 척추를 너풀거리며 달려온다.
옆에서 보면 신에게 잠시 다리를 맡긴 듯 날아오고
앞에서 보면 가진 것 모두를 포기한 구體처럼 굴러온다.
맹목적인 사랑을 하기에 인간이 가진 속도는
조금 밋밋한 감이 없지 않은 것 같았다.

21.7 ° 결석

넋 놓고 하늘을
올려다보면
어딘가로 닿을 듯
닿지 못한 오래된
시선들이 쌓이고
쌓이다 조금씩
굳어서 단단해진
하얀 결석이.

August 5

바람이 잦아들고 해가 옷을 입었습니다.
구름이 구름의 무늬로 하품을 합니다.
풀이 풀의 무늬로 콧바람을 씁니다.
그늘이 그늘의 무늬로 종알댑니다.
고양이가 고양이의 무늬로 생각합니다.
가족은 가족의 무늬로, 그렇게.

23.1 ° 천천히 움직이는 밤

천천히 움직이는 밤이었다. 몸을 기대지 않아도
사람들은 마음을 기울이고 숨을 가다듬었지만
했어도 되는 말들과 해야만 하는 말들마저 숨을 돌리는 밤.
고백과 침묵과 이해와 가늠이 서로 앞서거니 뒤서거니
끝내 아무 말도 내놓지 못한 채 허공으로 멀쑥한 낯빛만
흘려보낸 밤. 다음 날,
어제와 다른 속도로 흔들리는 버드나무 아래 서서
차마 하지 못한 말들의 여운만 입술에 바르고는
금세 발걸음을 떼고 나는 괜찮다는 듯 걸어야 했던 것이
미적지근한 삶의 정면이라면 정면이었다.
때때로 옆을 보고 싶을 때는
강을 찾아 의식적으로 호흡을 반복했다.
강은 흘러가기도 하고, 흘러오기도 했다.

여름은 유독, 여름 아닌 곳이 없었다.

— 사람들은 바다를

감정을 누르는 다급한 목소리, 총성과, 몇 차례 폭발 소리. 일순 고요해진다. 주름진 목소리의 뉴스 앵커는 내전 중에 발생한 어마어마한 사상자의 숫자와 함께 이 끔찍한 일이 우리나라에서 벌어진 일이 아니라서 다행이라는 멘트를 던진다. 끔찍한 앵커다. 사람들의 입술에서 미끄러져 나온, 메추리알만 한 크기로 분절된 웅성거림이 고무공처럼 사방에 굴러다닌다. 종종 치닫는 웃음소리와 바다인 양 울렁거리는 공간을 지나 버스에 오른다. 몇 사람이 연이어 자리를 찾아 앉는다. 문이 닫혔다. 버스가 출발한다. 00:16:06 터미널

파도가 발을 적시고는 순식간에 사라진다. '오늘의 커피'와 같은 포지션으로 보이는 3500원짜리 비빔밥을 주문한다. 호박나물과 무생채, 표고버섯 볶음, 계란후라이, 또… 여하튼 숟가락으로 열심히 밥알을 뒤적여 봐도 찰기는 찾을 수 없었다. 주방 너머엔 작은 독채가 있는 것 같다. 아주머니들의 수다가 귤 알맹이처럼 터지고 있다. 정확히 들리는 단어는 하나도 없지만 유쾌하다는 것은 충분히 알겠다. 마음의 높이라면 이런 것이 아닐까 싶다. 깍두기를 뽀드득 씹는 동안 다른 테이블에 앉은 남녀가 들릴 듯 말 듯 작은 목소리로 메뉴를 섬세하게 고르고 있다. 비교적 양이 적은 음식 세 가지를 고른 것 같다. 입구에 걸려 있던, 참새보다 작은 종이 쇳소리를 구석구석 뿌리고 있다. 세 사람이 말없이 밥 먹는 소리와 바람에 덜컹거리는 출입문 소리와 쇠 종소리와 멀리서 한 번씩 튀어 오르는 수다 소리가 담백하다. 00:14:22 생긴 지 얼마 안 된 식당

지갑의 지퍼를 열어 계산한다. 미닫이문을 열고 밖으로 나간다. 문을 닫는다. 외투의 지퍼를 올리고 의자에 앉아 입가심으로 인스턴트커피를 마신다. 입구를 지키는 화분이 자신의 처지를 아는지 지쳐 보이는 속도로 큰 잎사귀를 문

에 툭툭 부딪치고 있다. 바람이 사정을 봐주지 않는 모양이다. 바람이 세차게 몰려왔다가 잠잠해지기를 반복한다. 찰기 없는 밥풀처럼 뚝뚝 떨어져서 굴러 온다. 파도가 발을 적시고 눈 깜짝할 새에 사라진다. 식은 커피를 화단에 추르륵 붓는다. **00:05:54 밥풀 바람**

밥은 부실하게 먹고 디저트를 찾아 헤매기 좋은 날이었다. 그런 바람이 부는 날이었다. 듬성듬성 길가에 서 있는 나무마다 해안의 정취를 뽐내지 못해 안달이었다. 너덧 명의 사람들이 다가온다. 나는 사람들을 피해 경계석 위로 올라서서 걷는다. 사람들이 들쑥날쑥한 목소리로 옆을 지나간다. 바다를 종종 찾는 사람이나 한두 번 와 본 사람이나 목소리에 담긴 바닷바람에 대한 설렘은 별반 다르지 않은 것 같다.

언젠가, 마주 앉았던 사람들이 생각난다. 장소도, 얼굴 생김새도, 습도, 온도, 대화, 어느 것도 선명한 것이 없다. 하지만 함께 있었다는 것, 괜찮은 날이었다는 것은 안다. 만남의 횟수나 일기장에 적어 넣을 기록으로서 그날들이 중요하지는 않았다. 한 번을 만났든 여러 번을 만났든 그때의 시간은, 그날 앉았던 의자의 곡선과 테이블의 촉감과 전등의 불빛, 그리고 서로를 향한 응시에서 분리된 채 홀로 공간이 된다. 모든 것은 지워지고 흐르는 낌새만 정물처럼 남는다. 저 멀리서 흔드는 하얀 손가락이 목덜미를 간지럽히는 것이다. 한 번 와 본 바다든 여러 번 와 본 바다든, 좋았던 기억은 간지럽기 마련이다.

오토바이와 승용차, 대형트럭이 빠르게 지나간다. 맹렬하게 귓바퀴를 맴돌던 자동차 소리는 곧 탈선하여 공기 중으로 흩어진다. 쏜살같이 지나가던 몇몇 차들은 파도가 쓸어 갔다. 나는 단단하게 걷는다. **00:35:15 걷는 동안**

1층과 2층의 모든 창문이 활짝 열려 있었다. 현대식과 고전풍의 외관이 욕심스럽게 버무려진 커피숍이 고즈넉한 풍경에 기댄 채 서 있었다. '오늘의 커피'를 주문한다. 두어 사람의 목소리가 들린다. "여기 사는 애인가?" 소리가 나는 방향으로 고개를 돌렸다. 몸 전체가 흰색인지 누런 얼룩이 섞인 흰색인지 구분이 안 되는 개 한 마리가 눈이 부실 정도로 빛나는 아스팔트 위에 앉아 있었다. 바람을 맞닥뜨리고 있었다. 커피숍은 실내였던 탓인지 뒷목을 쓸어내리는 바람이 서늘했다. 옷깃을 추스를 때, 아스팔트 위의 개가 고개를 돌려 나를 바라봤다. 00:12:01 제목 없음

주문한 커피를 쟁반으로 받쳐 들고 2층으로 올라간다. 건물 전체보다 크고 환한 창문 앞에 앉는다. 가로수 이파리 소리와 바닷물 소리가 부유물처럼 귓가로 밀려왔다가 후두둑 공기 중으로 흩어진다. 조금 전의 그들은 작정하고 개 옆에 앉아서 개와 대화를 나누는 것 같다. 그들은 예뻐해 주고 있지만 개는 아무 대꾸도 없다. 마음씨가 고운 사람들이다. 말을 걸어주는 사람들. 파도가 개와 그들과 나를 순식간에 덮치고 물러난다. 커피를 후후 식혀 가며 한 모금씩 넘긴다. 함께 주문한 스콘을 포크를 이용해서 반으로 뚝 자른다. 다시 반을 자른 후 커피와 함께 삼킨다. 유리 접시와 쇠 포크가 몇 차례 부딪쳤고, 공기는 부스러기를 흘리며 고요하다. 00:14:22 창가, 조금씩 서늘해지는 몸

말소리가 들려온다. 나와 멀지 않은 자리에 앉는다. 중년인 건 알겠는데 부부 같기도 하고, 모르겠다. 한정 없던 공간이 돌연 열 평으로 줄어든 것 같다. 틈틈이 쓸려오는 바깥 소리에 두 사람의 대화는 낮게 깔린 풀처럼 가볍게 흔들린다. 잠깐씩 대화가 멎을 때면 그 위로 작은 먼지들이 곤충처럼 내려앉

는다. 잠시 후 말 한마디 툭 던지자 후르르 날아오른다. 근처 건물에서 누군 가 "와서 한 접시 먹어!"라고 소리친다. 대답은 들리지 않고 머지않아 발 끄 는 소리, 문 여는 소리가 들린다. 가게 사장들끼리 보내는 평화로운 시간이 다. 중년의 손님이 전화 통화를 시작한다. 얼굴을 뒤덮는 환한 빛과 그림자 가 눈에 선하다. 00:13:43 대화들

두툼한 나무 테이블 위에 묵직한 머그잔을 내려놓는다. 바람 소리와 엔진 소 리, 이따금 사람 소리가 분말처럼 섞여 실내는 한껏 적막하다. 누군가 가까운 곳에서(1층인지 창밖인지) 담소를 나누는 듯하다. 멀리 개 짖는 소리가 들린 다. 꽤 먼 거리인 것 같다. 대화는 창밖 어딘가에서 들려오는 듯하다. 구체적 인 내용은 들리지 않고 말끝에 올라붙은 물음표만 귀에 닿는다. 승용차 문 닫 는 소리가 텅, 터덩, 세 번 들린다. 간혹 끌리는 의자 소리와 유리 소리, 뭔가 에 동의하는 소리, 웃음소리, 기침 소리, 그 위로 거품처럼 얹힌 나지막한 남 미 풍의 선율이 모서리를 뭉개며 그대로 공간이 되어 간다. 모든 것들이 암암 리에 움직이고, 사라진다. 사락사락 책장 넘어가는 소리가 간헐적으로 날아 오른다. 00:20:23 가만히 앉아서

소실점 같은 사람들이 멀리서 웅얼거린다. 나는 젖은 모래를 따라 걷는다. 바 다가 내쉰 숨의 끝자락을 밟는다. 물거품으로 폐가 하얘질 때까지 깊숙이 호 흡한다. 바다는 잠시도 멈추지 않는다. 반드시 가야 할 곳이 있는 사람들처럼 바쁘게 뒤척인다. 실내와는 달리 바깥의 소리는 몸이 없는 날개로 가득하다. 손을 뻗으면 잡을 수 있을 것 같은 높이다. 사람들의 목소리가 가까워진다. 선 명해지고, 표정이 보이기 시작한다. 목공소를 동업하는 여자, 아이의 아빠, 조

카와 이모, 늦은 피서를 온 친구 사이, 휴학 중인 듯한 대학생, 반려견 두어 마리, 여자와 남자, 남자와 남자, 여자와 여자들의 목소리들이, 저 먼 곳 어디선가 들려오던 총성과 폭음 속에서 방울방울 터지던 울음소리들이, 번져나간다. 서로 다른 고민과 한탄과 결심들이 각자의 방향을 단단히 움켜쥔 채. 끝내 섞이지 않을 저마다의 풍경이었지만 또 다른 슬픔이 슬픔을 넘어오듯, 시절이 시절을 무심히 넘어가듯, 파도가 파도를 연신 넘는 배경은 모두의 것이었다. 사람들은 바다를 찾는다. 역광으로 빛나기 위해서. 모든 소리의 외곽에서, 부서지는 파도의 색깔이 설탕처럼 반짝인다. 00:48:22 바다를 찾는 사람들

이어폰을 뺐다. 방범 창살 위로 볕이 자글거리고 있다. 흰 구름이 잔뜩 부풀어 전깃줄을 미끈하게 닦고 있다. 침대에서 일어나 냉장고에서 쥐포와 맥주를 꺼냈다. 젖은 뭍처럼 그늘진 소파에 반쯤 누워서, 다시 이어폰을 꽂고 재생 버튼을 눌렀다.

가을 ° 아무것도 미루지 않는 풍경

23.6 ° 바람의 속살이 궁금한 날

23.8 ° 여운은 9월처럼

여운은 섹시하지
기억보다 무정해서.
평생을 돌아오는
선풍기 날개나,
평생을 돌아가는
시간처럼.
발 없는 슬리퍼 물어
제 집에 가져다 놓는
강아지의 마음 같은 것이
계절의 마지막
바닷소리를 물고
달려 들어간 잔잔한 빈방,
여름의 마지노선
그곳의 바다는 아직 따뜻하지.
기억이
수증기로 맺히고 말라가는 동안
거품같이 소용없는
여운은
무릇 9월처럼.

August 26

24.1 ° 풍경의 속도

순간이란 것들이 사실 그리 순간인 건 아닌데
마음에 머무는 시간이 잠시라서 종내에는 모든 게 짧다.

태어나는 순간 우리는 모종의 속도에 올라탄 채
끝을 향해서가 아니라 끝없이 간다.
그 위에서 우리가 할 수 있는 일이란
다가오는 풍경이 순식간에 멀어지는 장면이
눈동자에 담길 때마다 쓰고, 노래하고, 그리는 것.
그러곤 눈가에 남은 잔상을 몸 안에 흘려 넣고,
흐르는 느낌을 따라 누구도 본 적 없고 나도 모르는
내 마음의 굴곡을 상상하는 것이었다.
반복해서, 마음을 더듬으며 쓰고 노래하고 그렸을 때
다 지나고 나면 의미가 생겼고 그것이 최선이었다.

속도를 줄이고 싶을 땐 먼 곳을 봤다. 더 먼 곳도 봤다.
서두르지 않고 조금씩 다른 곳으로 시선을 옮겼다.
어제와 다를 바 없는 오늘을, 길었던 찰나를 떠올리며 눈을 감는다.
어제와 다른 눈으로, 어제와 다른 곳으로 기억하기 위해 눈을 뜬다.
풍경이 깜빡이고 있다.

24.5 ° 울기에 좋은 날

울기에 좋은 날보다 울어서 맑은 날이었다.

창문을 활짝 열었다.
집기를 들어내고 눌어붙은 바람을 긁어냈다.
습기 가득한 콘크리트는 뻐근한 몸을 푼다.
겹겹이 쌓여 있는 시간들을 털고 접고 분류했고,
지나치게 감상적인 물건들은 대부분 어딘가로 집어넣었다.
바깥 냄새로 물씬 채워진 방은 어딘가 먼 여행지로
건너와 있는 것 같았다. 두어 번 와 본 곳이었고
지난번 방문 때 찾은 괜찮은 스페인 요릿집으로
배를 채우기 위해 나서야 할 것 같은 기분 좋은 공기였다.
책상 위를 간소하게 정리하는 것을 마지막으로
창문을 닫았고, 느긋하게 앉아 어깨를 주무르는 사이
어느덧 저녁이었다.
매일 석양을 구경만 하던 집 안의 습기들이
마침내 넉넉한 창밖으로 스며들었다.
곰팡이처럼 얼룩져 가는 하늘이 볼만하다.
나는 몸에 힘을 빼고 먼지만 한 꿈 몇 개를 떠올려 본다.
즐비한 빌딩들 뒤로 하루가 정리되어 가고 있었다.

어제의 폭우와
오늘의 폭염과

햇빛이 이불처럼 말라 가고
남은 열기로 익어 가는 저녁
너의 입말 속에서
내 혀가 무르익어 가던 이른 저녁
아무것도 미루지 않는 풍경이었다.

소등한 가로등이
점등한 가로등을
기억하는 사이
곧 떠날 거라 등 돌린 바다가
아무 데도 가지 않는 동안

해피엔딩은
불안을 머금어
가능한 멀리 번지고
가을은
옆에서 부는 겨울의 기미가
좋다고 하였다.

25.8 ° 가을의 소리

September 15

25.9 ° 물어 와!

September 16

26.4° 오늘도 수고했어요

오늘도 목 넘김 부드러운 별빛들.
덜 씹어서, 너무 많이 씹어 넘겨서,
넘어야 할 세월이 울컥 솟구쳐 오른다.

26.9 ° 속도는,

속도는 멀어지기 위한 것이 아니더군요.

October 3

우리 내년엔 저쪽에서 볼까? 웃으며 네가 물었고
나는 응, 하고 역시 웃으며 고개를 끄덕였다.
반짝이며 바스락거리다 순간 사라지는 불꽃을 보며
반짝이는 우리를 떠올렸다.

27.7 ° 품

흐린 날이라고만 알지
구름의 그림자라는 사실을 잊곤 한다.
연안에 쏟아진 밤인 줄 알지만
그게 너라는 기억을 종종 잊고 산다.

28.5 ° 얼굴 없는 풍경

우주 어느 골목
이름 없이 굴러다니는
낙엽이
그 먼 거리를 견뎌
도달해야 했던 곳이라는 걸
태양은 몰랐겠지.
알았다 한들
갈 데가 있는 것도 아니고
간다 한들
낙엽 등어리만큼
숨소리 고혹할까.
새들은
아침마다 하늘을 쓸어
숨을 고르고
낙엽이 질 때면
얼굴 없는 이름들이
구석마다 쌓여 간다.

28.6 ° 웃자란 가을

파란색 크레파스는 바다 냄새를 닮았다.
유독 가을 초입에 찾아오는 웃자란 가을을.
나뭇가지를 꺾어 다음날 조금 더 자란 손 크기를 재보던 사람을.
길을 걷다가 문방구가 눈에 띄면 파란색 크레파스만 샀다.
해안도로를 벗어나 그늘이 잘 드는 사시나무 언덕 중턱에서
나무보다 조금 더 자란 그림자를 잘도 숨기곤 하는 사람을 만나면
파란색 크레파스로, 한 철 파도가 숨 가쁘게 넘어가던
하얀 손등을 그려 주고 싶어서.

시작해보려는 마음도
정리해보려는 마음도
다 걷어서 올라간 가을 하늘이었다.
하늘은 어디서부터 하늘인지
하늘만 휘젓다가
나는 어디서부터 나인지
가만히 나를 만져 보았다.

만져지는 것들은 모두 현실적인데,

한 계단씩 내려가는 계절과
이해받지 못한 계절들과
계단 끝에서 터진 설움과
쌓여 가는 실수들의 무게와
쌓이지 않는 희망의 습관들로
꿈꾸는 현실을 꿈꾸는 무뚝뚝한 하루같이

만져지지 않는 것들은
뭐가 이리 극단적으로 현실적인 건지!

만질 수 있다면
긴 터널 같은 하늘 보면서
손에 쥐고 한번 굴려 보기라도 할 텐데.

29.6 ° 상승과 하강 사이

내일이면 또다시 허기질 배를 왁자지껄하게 채웠고
떨어지는 이파리는 찰나의 아쉬움을 하늘에 담았다.
상승과 하강 사이의 고도로 하루가 멀어지고 있다.

29.7 ° 아름다워서 아름다운 날들

나무가 한 번 피고 지는 동안
우리는 눈을 한 번 감았다 뜬다.
슬프지만, 모든 게 기쁘게 지나간다.

30.0 ° 꿈을 꾼 것 같았다

야구인듯 하다가 축구 같았다.
유도 같았다가, 철인 3종 같았는데 양궁 같았다.
탁구였다가 당구 같기도 했고,
배드민턴이 분명했는데 골프 같았다.
F1 그랑프리 같았고, 때로는
만 미터 스피드 스케이팅 같은 대화들이었다.
그런 날들이 바람개비처럼 돌아갔다.

접시가 누구와 사랑에 빠졌었는지, 취향이 어떠했는지
알 수도 없거니와 알 필요도 없지만, 뜨거운 국물을 한숨에
받아낼 줄 아는 모습을 보니 어떤 사랑을 했었는지는
아마도.

30.2 ° 지구보다는 작은 눈알

스무 걸음만 떨어져도 안 보일
작고 동그란 눈알.

더 이상 닿지 않는 먼 풍경
바로 앞까지 담아내는

작고 광막한 눈알.

30.3 ° 배터리 1

30.4 ° 배터리 2

30.5 ° 배터리 3

30.6 ° 배터리 4

언젠가 지구가 아득하게 꺼지는 날
아직 방전되지 않은 배터리는
그리움을 소모하다 영영 차가울 것이다.

—— 꽃집에 가는 날

함박눈이 내리는 저녁엔 꽃집에 들르세요.
우산은 써도 좋고 안 써도 좋은데
거리가 분주하다 싶으면
코코아 같은 농담이 가라앉지 않도록
외곽으로 휘적휘적 몇 바퀴 둘러 가도 좋아요.
태어나 처음 본 눈송이를 잊지 못해
거미줄을 짓는 거미가 눈동자를 까딱이듯이요.

꽃집이 가진 처음의 기분은
꽃인지 집인지
생각하며 걷다 보니 사랑을 전하는 꽃들은
언제부터 시드는 법을 배웠을지,
겨우 네 계절로 평생을 버티기 위해 사랑은
얼마나 많이 모퉁이를 돌아야 했을지 궁금해졌어요.

보풀 가득한 하늘이 오래된 손처럼 포근하네요.
서서히 서 있는 나무들 곁으로
도돌이표처럼 웅성거리는 눈송이,
눈송이가 감도는 날이에요.

눈이 퇴화한 심해어는 내세에
눈에 보이지 않는 것으로 태어난다는 말을 믿어 보세요
저기 봐요,
벙어리장갑이
처음 방문한 손톱에게
사랑한다 말하고 있네요.

분분한 가로등 빛 사이로
당신이 번져와요.
농담하기 좋은 날이에요.
그날이 크리스마스면 좋겠구요,
또 그날이 우리가 발견하지 못한 행성에서
하얀 지구를 발견한 날이면 더 좋겠구요.

눈동자가 촉촉한 건
눈바람에 흩어져 버리면 안 되기 때문이래요.
(눈 내리는 소리, 웃음소리)

조명이 바닥에 닿으려면 좀 더 어두워져야겠어요.
꽃집에 가는 날이면
눈이 아주 많이 내렸으면 좋겠어요.

겨울 ° 수프의 맛

31.1 ° 코코아 주세요

코코아 주세요 하면
핫초코 드릴까요? 한다
핫초코보다 코코아가 다정하니 좋은데.
혀끝에서 깐죽대지 않고
멀리 앉아 당신을 발음하는
코 코 아.
덜 녹은 덩어리 한 번씩 씹어 주다가
코코하게 잠들어 아아 코코코
하면서 꿈꿀 수 있을 거 같아서
마실 때도 코오 하게 마실 수 있을 것 같다.
부부라는 말도 부부 하지
어딘지 모르게 푸르른
멈추지 않는 카운터잽이 부 부
허공을 가르는 소리
다정하기도 하지.
공기가 서둘러 서늘해질 때면
커다란 스웨터 바다에 빠진
한 올 한 올
서로의 머리칼에
꽃말 같은 이름 붙여 주며
코코아 마시는 꿈을 휘이
함께 저어 봐도 좋겠다.

31.8° 별이 빛나는 밤

일기장 한 면 가득
오늘 있었던 일을 써넣었고
죽 찢어서
그 자리에 다시 끼워 넣었다.
이제 원하면 언제든지
오늘을 버릴 수 있다.
혹여 잃어버릴까
세 번 확인하고 일기장을 덮었다.

November 14

32.0 ° 덜미

계절은 기척 없이 흐르고 기별 없이 말라 간다.
겨울로 들어서는 입구에 모여 앉은 사람들의
서리 낀 표정이 온기를 품어 가는 사이,
아무리 젖어도 번지지 않는 나무는
조금은 슬픈 덜미를 가졌다고 생각했다.

November 16

아무리 멀리 보내도 겨우 거기까지인 것이 있다.
실은 겨우가 아니라 간절히라는 것을 알아챘다면
낙하하는 잎사귀가 땅에 닿기 직전이라는 세계를
가져 볼 수 있을 것이다.
마음이 마음 앞에서, 계절 바람에 살풋 들려
어슷하게 기대는 느낌을 살아 볼 수 있을 것이다.

32.8° 멀어도 멀어도

먼 곳에서 서성이고 있을
당신 그림자 혹여나 드리울까
오랫동안 달을 보았습니다.

32.9 ° 눈송이가 좋아하는 것

November 25

희부옇게 점등한 가로등처럼 거리 한 편에 서서
조금 더 알고 싶은 사람을 기다리기에 그럴싸한 계절이라고
담벼락에 올라앉아, 살짝 얼린 눈빛을 가늘게 흩날리는
고양이가 중얼대고 있었습니다. 겨울은 거리 곳곳 들어찬
무채색 추위가 묘妙하게 따스한 계절이었습니다.

33.1 ° 이유

가지지 못한 것
버리지 못한 것
지나가 버린 것
사라져 버린 것
모든 순간은 이유가 있었고
어느 순간의 이유가 될 것입니다.

33.3 ° 보이지 않는 계절

한 번 본 적 없는 이가 그리워지는 날이 있다.

33.6°12월 첫 비

태풍은 잠잠해졌지만
바다는 아직 저리다.

반짝이다 번쩍이며
아프던 것들이 다 멎어도
하늘은 누누이 거기 있었다.

해변은 밤마다
반짝이는 법을 배우며
모로 누워 잠들었고

네가 나를 그리는 줄 알았지만
내가 너를 꿈꾸었던 새벽,

빗물이 수억의 목록처럼
기억되지 않으려
풍경 속으로 저장되는데

해변 끝이 보이는 눅진한 방에서
12월 첫 비 같은 은수저로 떠 먹었던
수프의 맛이 기억난다.

지도가 자꾸만 떨어진다.
지구 반대편이 그리워서.

33.7 ° 거미의 눈이 하얗게 쌓여 가는 방

티끌만 한 거미 한 마리가
하얀 종이 위로 풀풀 날아왔다.
제 갈 길 가나 싶더니
몇 걸음 안 가 멈춰 서 있다.
한참을 움직일 생각을 않는 걸 보니
거미는, 세상의 첫 빛을 본 날이
새하얀 겨울이었던 것일까.

December 3

33.8 ° 낌새

December 4

가진 것 모두 털어 낸 종점이 시계를 보는 것처럼
활짝 진 꽃들이 창가를 어른거리는 것처럼
모든 이름이 아무것도 아니었던 것처럼
우르르 넘어진 저녁 구름이 가득한 공터 위로
하늘이 흔적 없이 흩어지는 것처럼
나는 무언가 잃어버린 것만 같았다.

34.3 °리듬

반복되는 날들에서 벗어나고 싶어 선택한 낯선 곳에서
친숙한 풍경, 낯익은 소음, 익숙한 냄새에서 위안을 얻곤 한다.

34.9 ° 아물지 않는

내리는 비에 흘러간 오후는 밑그림만 남았다.

북쪽으로 난 창문 밖 거리를 따라 흐린 연필 선으로
바람이 슥슥 보인다.

바람이 연인을 통과한다.
뒹구는 흙먼지 몇 개 같이 간다.

간지러운 듯
연인이 웃는다.

지워질 듯 희미한 윤곽들이 지워지지 않고 번져 간다.
어루만지다
서로를 뭉개 버렸다.

수정하고 싶던 마음마다 지우개 가루는
쓸어도 쓸어도
미진한 계절처럼 계속 나왔고

예고 없이 비는 그치고
어김없이
생채기마다 고이는 색채들

저녁이 깊어 갈수록
깊은 생채기가 가장 깊은 줄 모르고 투명하다.

눈이 옵니다.
가능한 오래 세상과 눈 맞추기 위해
애써 천천히 내려옵니다.
조금 더 차분히, 조금 더 멀리 볼 수 있도록
바람 일으키지 않으려 애쓰며
천천히 걸어가 봅니다.

닿는 곳이 없으면 빛은 캄캄할 뿐이겠다.
네가 있어서, 내가 있다는 말을 믿는다.

35.8 ° 눈이 내리면

사람들은 눈이 내리면
흰 것에 묻힐 것을 생각했습니다.

오늘도 건너고 돌아온다.
도화선 없는 폭발물처럼
공허한 불씨 가슴 한구석에 묻고.
살아가는 힘은
뜨겁게 사랑했던 기억이기보다
사랑이 예감했던
뜨거운 평생일지 모른다는 마음으로.

36.5 ° 36.5

어느 볕 좋은 봄날 이사를 와 낭만으로 숙식을 해결하던,
에어컨 없는 옥탑방의 한여름 평균 실내 온도는 35도였다.
나보다 겨우 1.5도 낮을 뿐인데, 거울 속 내 몰골은 진밥과
다름 아니었다. 결국 이듬해 여름이 시작될 무렵 도망치듯
이사를 나갔다. 사람이 품은 온기란 그만큼 뜨거운 것이었다.

나무와 숲은 둘 다 진심인데

나무보다 숲을, 숲보다 나무를
먼저 보라고 사람들은 가르친다.

앞에 선 것은 빛나고
뒤에 선 것은 은은하다.

어떤 마음은 작게 빠르고
어떤 마음은 느리게 크다.

단단함과 담담함이
같은 속도라는 걸 알았다.

진심은 생각보다 허술해서
생각보다 아름답다.

나무가 핀다(무성하게)
나무가 진다(무성하게)

속도의
무늬

초판 1쇄 인쇄 2017년 5월 17일 초판 1쇄 발행 2017년 5월 24일

지은이 함주해
펴낸이 연준혁

출판 2본부 이사 이진영
출판 6분사 분사장 정낙정
책임편집 박지수
디자인 김수명

펴낸곳 (주)위즈덤하우스 미디어그룹 출판등록 2000년 5월 23일 제13-1071호
주소 경기도 고양시 일산동구 정발산로 43-20 센트럴프라자 6층
전화 031)936-4000 팩스 031)903-3893 홈페이지 www.wisdomhouse.co.kr

ⓒ함주해, 2017
값 14,000원
ISBN 978-89-5913-518-9 03810

국립중앙도서관 출판예정도서목록(CIP)

속도의 무늬 / 지은이: 함주해. ― 고양 : 위즈덤하우스, 2017
    p. ;   cm

ISBN 978-89-5913-518-9 03810 : ₩14000

수기(글)[手記]

818-KDC6
895.785-DDC23   CIP2017011435